KB034153

컷 피스

인지

컷 피스

1판 1쇄 인쇄 2017년 12월 5일
1판 1쇄 발행 2017년 12월 10일

발행처 도서출판 문장
발행인 이은숙

등록번호 제2015-000023호
등록일 1977년 10월 24일

서울시 강북구 덕릉로 14(수유동)
전화 02-929-9495
팩스 02-929-9496

ISBN 978-89-7507-076-1

문장 시인선 005

컷 피스
Cut piece

강만수 시집

도서
출판 문장

▶ 차례

2부

3부

5부

1

미래세계

옆옆옆옆옆옆옆옆옆옆옆옆옆옆옆옆옆옆옆옆옆
옆옆옆옆옆옆옆옆옆옆옆옆옆옆옆옆옆옆옆옆옆
앞앞앞앞앞앞앞앞앞앞앞앞앞앞앞앞앞앞앞앞앞
앞앞앞앞앞앞앞앞앞앞앞앞앞앞앞앞앞앞앞앞앞
앞앞앞앞앞앞앞앞앞앞앞앞앞앞앞앞앞앞앞앞앞
뒤뒤뒤뒤뒤뒤뒤뒤뒤뒤뒤뒤뒤뒤뒤뒤뒤뒤뒤뒤뒤
뒤뒤뒤뒤뒤뒤뒤뒤뒤뒤뒤뒤뒤뒤뒤뒤뒤뒤뒤뒤뒤
위위위위위위위위위위위위위위위위위위위위
위위위위위위위위위위위위위위위위위위위위
ㄴㄷㅁㄹㄴㄷㅁㄹㄱㄷㅁㄹㅇㄹㄷㅁㄹㅁㄹㅇ알수없다
옆옆옆옆옆옆옆옆옆옆옆옆옆옆옆옆옆옆옆옆옆
옆옆옆옆옆옆옆옆옆옆옆옆옆옆옆옆옆옆옆옆옆
앞앞앞앞앞앞앞앞앞앞앞앞앞앞앞앞앞앞앞앞앞
앞앞앞앞앞앞앞앞앞앞앞앞앞앞앞앞앞앞앞앞앞
뒤뒤뒤뒤뒤뒤뒤뒤뒤뒤뒤뒤뒤뒤뒤뒤뒤뒤뒤뒤뒤
뒤뒤뒤뒤뒤뒤뒤뒤뒤뒤뒤뒤뒤뒤뒤뒤뒤뒤뒤뒤뒤
뒤뒤뒤뒤뒤뒤뒤뒤뒤뒤뒤뒤뒤뒤뒤뒤뒤뒤뒤뒤뒤
위위위위위위위위위위위위위위위위위위위위
위위위위위위위위위위위위위위위위위위위위
ㄴㄷㅁㄹㄴㄷㅁㄹㄱㄷㅁㄹㅇㄹㄷㅁㄹㅁㄹㅇ알수없다

Cut Piece

작은 가위를 들고 도리다 큰 가위를 들고 쉼 없이 석둑
평일도 아닌 일요일 한낮에 연구소에 앉아 가위질을 한다
올챙이처럼 몰려다니는 아이들 실한 엉덩이를 오리고 있다
네 눈을 찌르는 눈썹을 잘라내며 생존경쟁의 법칙을 깬다
인간들 면역체계와 수명 생리기능과 정서적인 능력까지
가능성과 현실 사이를 도려내다 너를 오렸고 그와 그들을
생명공학 기술로 축적된 시간을 하나씩 응용해서 도렸다
너와 나 우리들 옆에서 그어지고 있는 매우 큰 획 앞에서
오래 전 사라진 호모 에렉투스와 살아남은 호모사피엔스를
깊이 사유하다 이제 변화가 시작되었음을 부인할 수 없다
인간의 인위적 선택으로 인한 진화는 앞으로 어떻게 될까
여러 생각으로 인해 괴롭다 하지만 도태 되지 않기 위해선
불필요한 것을 오려내고 최우선인 생존의 길로 나가야함에
유전자가위를 손에 쥐고 이상유전체를 도려낼 수밖에 없다
그런 연유로 인류의 삶과 지식 역사를 지키기 위해 오렸다
나 자신을 도렸고 네 안에든 유전자를 벴다 벨 수밖에 없다
카네기홀에서 브래지어를 삭둑 잘랐던 오노요코의 심정으로

종이인형

종이인형 1을 접었다

종이인형 2를 접었다

종이인형 3을 접었다 종이인형 4를 접었다

종이인형 5를 접었다 종이인형 6을 접었다

종이인형 7을 접었다

종이인형 8을 접었다

종이인형 9를 접었다

종이인형 10을 접었다

접었다 다시 1을 폈다 2도 폈다

접었다 다시 3을 폈다 4도 폈다

접었다 다시 5를 폈다 6도 폈다

접었다 다시 7을 폈다 8도 폈다

접었다 다시 9를 폈다 10도 폈다

종이인형 12345678910을 접었다 다시 편 뒤

쓰레기통에 처박았다 다시 끄집어냈다

종이인형과 닮은 시

아니 전혀 다른 12345678910을

창조하기 위해

접어지지 않는 시를 끊임없이 접고 있다

발톱

손톱을 깎다
7시에서 7시 3분까지
휘어진 발톱을 깎다
7시 8분에서 7시 17분까지
톡 톡 톡
빗방울 떨어지는 소리를 세면서
ㅌ ㅌㅌ 손톱을 깎았다
발톱도 ㅌ ㅌㅌ 깎았다
낙숫물 떨어지는 소리
하나 둘 셋 일곱 열 열둘 열다섯 열일곱
7시에서 7시 17분까지
그 소리를 들으며
툭 툭 툭 흘려보냈다
모든 번뇌를 다 지울 것처럼
빗소리에 섞여 시간은 ㅊ ㅋ ㅊ ㅋ
쉼 없이 가고 있다
쉬지 않고 흐른다 ㅊ ㅋ ㅊ ㅋ ㅊ ㅋ
그 울림은
내 안 깊은 곳까지 문질러 으깨지고 있다
발톱 깎는 소리 닮은 저 빗소리

修行者

눈 눈 눈 눈 눈 눈 눈 눈 눈 눈 눈 눈 눈 눈 눈
눈 눈 눈 눈 눈 눈 눈 눈 눈 눈 눈 눈 눈 눈 눈
캄캄한 하늘에 떠 있는 눈 눈 눈 눈 눈 눈 눈 눈눈
하루 이틀 사흘 나흘 닷새 엿새 이레 일 년 365일
눈을 감을 수 없어 시종여일 눈 한 번 감지 못하고
눈 눈 눈 눈 눈 눈 눈 눈 눈 눈 눈 눈 눈 눈 눈
밤을 꼬박 밝힌 채 번뜩이는 눈 눈 눈 눈알 눈빛들
잠자리에 들 생각이 없고 잠에 빠질 일이 전혀 없는
눈 눈 눈 눈 눈 눈 눈 눈 눈 눈 눈 눈 눈 눈 눈
저 별처럼 먼 별빛처럼 삶이 무엇인지 알아내기 위해
눈동자를 번뜩이는 저 먼 별처럼 쉼 없이 빛을 발하는
눈 눈 눈 눈 눈 눈 눈 눈 눈 눈 눈 눈 눈 눈 눈
눈 눈 눈 눈 눈 눈 눈 눈 눈 눈 눈 눈 눈 눈 눈

드라이플라워

흰色 벽 검정色 벽 은회色 벽에 꽂힌
壁 壁 壁 초록色 벽과 파란色 벽에서 빛을 발하는
붉은 장미와 노란 들국화 말린꽃을 바라보다
생기를 잃은 것 같지 않은 마른 꽃들에게서 色 色 色
고혹적인 여자에게서 느껴지는 색감이 전해져
붉다 매우 붉은 시붉은 色 노랑 노랑 진노랑 黃金色
꽃 꽃 꽃들로 인해 선홍빛 홍조가 도는 것 같은
緊紗 같은 머리카락을 허리까지 길게 늘어뜨린
얼굴에 생기가 도는 여자를 가슴에 안은 느낌이다
어느 날 길을 가다 본 해 질 녘 다시 뒤돌아보게 한
흰色 壁에 꽂힌 빨간色 壁에 걸린 은회色 壁에 꽂힌
검정色 壁에 걸린 초록色 壁에 꽂힌 파란色 壁에 걸린
또 다른 色 色 色들이 壁에 꽂혀 있다 壁마다 色色인
뜰에 핀 붉은 장미와 노란 들국화를 닮은 여자
저기 저 여자 여자들은 色 色 色 색깔을 띤 여자
여자들은 色色色 色의 혁명이다

UFO

셋 넷 다섯 여섯 일곱 여덟 개 검정콩이다

끝
모
를
바
다
를
향
해
날
아
간
다

그들 편대를 언제쯤
이 곳에서 다시 볼 수 있을까

五感

손가락에서 키보드를 통해 기어 나온 ㅊ ㅎ ㅁ ㅅ ㅊ ㄷ ㅇ
빗줄기로 인해 내 귓속으로 하루 전 그것들이 들어온 걸까
ㅊ ㅎ ㅁ ㅅ ㅊ ㄷ ㅂ ㅂ ㅈ ㅎ ㅅ ㅇ ㅂ ㅂ ㅈ ㅎ ㅅ ㅇ ㅅ ㅇ
빗소릴 통해 내 눈알 속으로 이틀 전 그것들이 진입한 걸까
ㄷ ㅂ ㅂ ㅈ ㅎ ㅅ ㅇ ㅇ ㅈ ㅎ ㅅ ㅇ ㅇ ㅊ ㅎ ㅁ ㅅ ㅊ ㅇ
진눈깨비로 인해 내 콧속으로 사흘 전 그것들이 쳐들어온 걸까
ㅊ ㅎ ㅁ ㅅ ㅊ ㄷ ㅂ ㅈ ㅎ ㅅ ㅇ ㄷ ㅂ ㅂ ㅈ ㅎ ㅅ ㅇ ㅇ ㅇ
긴 혓바닥을 통해 내 입속으로 나흘 전 그것들이 난입한 걸까
ㅂ ㅈ ㅎ ㅅ ㅇ ㅇ ㅈ ㅎ ㅅ ㅇ ㅇ ㅇ ㅇ ㅇ ㅇ ㅊ ㅎ ㅁ ㅅ ㅊ
우당탕 우당탕 피부에 닿아 내 오감을 마구 흔들어 휘젓고 있는
비비비비비비비비눈눈눈눈눈눈으로내쳐들어온우박우박우박박

밥상

밥그릇 안에는 표정이 있다
그릇 밖
밥그릇 아래
그릇 앞
밥그릇 옆
그릇 뒤
밥그릇 주변에도 있다
그릇엔 숟가락 표정도 보인다
젓가락에도
밥그릇 옆엔 국그릇도 보인다
밥상엔 喜怒哀樂이 배어 있다

16층 탑

모았다
모았다
모았다
모았다
모았다
모았다
모았다
모았다
모았다
모았다
모았다
모았다
모았다
모았다를 모았다
모았다를 쌓았다
佛心을
쌓기로 했다.

첫 경험

처음 해봤다 아니 첫 경험이라고 한 말은 거짓이다
그가 여자와 했다고 한 말은 사실이 아니다
편의점 아르바이트 일을 처음 했다고 한 말과
공사판에서 노동일을 했다고 한 말도
주방에서 라면을 끓였다고 한 말 또한
그가 택시운전을 해봤다고 한 말 역시
어렵지 않았다 여자와 해본 그 일은 힘들지 않았다
주방에서 라면을 끓인 일은 고단하지 않았다
고달프지 않았다 편의점에서 아르바이트 일을 한 것도
공사판에서 땀 흘려 질통을 멘 일도 마찬가지다
시내에서 종일토록 용변을 참으며 택시운전을 한 일과
그동안 체험한 여러 일들은 그다지 피곤하지 않았다
그를 정말 괴롭게 한 일들은
첫 경험이라고 누군가에게 말한 거짓말이다

잠자리 연쇄살해범

물잠자리와 왕잠자리 밀잠자리를 망설임 없이 목을 꺾어 죽인
그는 잠자리를 가리지 않고 마구 때려죽인 흉악범이다

잠자리 광역수사대는 오랜 시간 동안
범인이 자주 다니는 길목에서 잠복근무를 통해 그를 포박했다

그런 뒤 잠자리 나라 법정에 올려 법의 준엄한 심판을 받게 했다

그러나 그것도 잠시뿐 천둥번개가 내리치고 비가 억수로 쏟아져
내리는 어느 날

수인번호 1125번으로 불린 사형수 언저리잠자리는 간수들 눈을
교묘히 피해
잠자리 나라 감옥 쇠창살을 쇠톱으로 잘라낸 뒤 탈옥했다

또다시 활개를 치고 다니게 될 잠자리 악마로 인해
젊은 암컷 잠자리들은 밤에 나다니는 것조차 불안해서 견딜 수
없었다

경찰은 그가 다시 또 연약한 잠자리들을 잡아 죽이는 걸 막기 위해
공개방송을 통해 온 나라에 계속 알림은 물론 지명 수배자 전단을

뿌린 뒤
각 구역마다 검문검색과 순찰을 강화하며 곧 잡게 될 것이라고
호언장담했다

그러다 흉악범의 인상착의를 기억하는 갈대마을 잠자리 주민이 어느
날 그를 신고했다
지역경찰이 나섰다 하지만 그들은 그의 상대가 되지 못한 채 조롱만
당하고 말았다

이번에도 그는 애꿎은 소녀 잠자리를 희성마을 고추밭에서 강간
무참히 살해한 뒤
수천 명 잠자리 경찰의 포위망을 뚫고 유유히 사라졌던 것이다

영구미제 사건이 되려는 걸까 잠자리 악마는 지금까지도 잡히지 않고
있다

업무시간

집에서 사무실을 거쳐 그곳까지 10분
사무실을 거쳐 또 다른 그곳까지 15분
집에서 사무실을 거쳐 그곳까지 10분
사무실을 거쳐 또 다른 그곳까지 20분
집에서 사무실을 거쳐 그곳까지 10분
사무실을 거쳐 또 다른 그곳까지 25분
집에서 사무실을 거쳐 그곳까지 10분
사무실을 거쳐 또 다른 그곳까지 30분
집에서 사무실을 거쳐 그곳까지 10분
사무실을 거쳐 또 다른 그곳까지 35분
집에서 사무실을 거쳐 그곳까지 10분
사무실을 거쳐 또 다른 그곳까지 40분
또 다른 거래처까지 동선을 어림짐작해본다
소요시간은 대략 10분 15분 20분 25분 30분 35분 40분이다

무반응

붉은 커튼 뒤 깨진 거울이 있다
은회색 커튼 앞 쓰러진 기타가 있다
노랑 커튼 옆 넘어진 탁상시계가 있다
커튼에 그것들을 올려놓고
빨강 커튼을 거실로 끌었다
은회색 커튼은 안방으로 질질 끌고 들어갔다
노랑 커튼은 건넌방으로 당겼다
깨진 거울과 쓰러진 기타와 넘어진 시계는
거실에서 안방과 건넌방으로
질질 끌려 다니고 있다
방바닥을 손바닥으로 탁탁 치며
벌떡 일어서라고 소리쳤다
하지만 넘어진 그것들은 고요하다
무반응이다

빵집 앞에서

김병근 빵집 앞에서 단팥빵을 씹었다
빵집 옆에서 사이다를 마셨다
빵집 앞에서 무등산수박을 깨물었다
1977년 여름 한낮에 단팥빵
1978년 여름 늦은 오후에 사이다
1979년 여름 저녁에 수박
빵집 앞에서 고개를 숙이고 꿀꺽
빵집 간판 뒤에 선 채로 삼켰다
빵집 옆 민산 만화방에서
고양이 울음소리를 닮은 빵
아기 울음소리를 빼닮은 사이다
옆집 아줌마 뒷모습을 닮은 수박
머리를 들이밀고 마구 먹었다
입술을 쑥 내밀면서 먹었고
노래를 부르면서 깨물었다
손톱으로 벽을 박박 긁으면서 씹다
얼굴을 끼웃거리며 샛노란 능소화 꽃잎을 바라볼 때
2017년 여름 한낮에도 민방위 사이렌 소리
전국에 요란하게 울려 퍼진다
그 시간에도 징그러운 소리를 귀에 담은 채
삶은 먹을거릴 위에다 쑤셔 넣는 행위라고 어림하며
점심을 먹고 있다

인연

승강장
을
빠
져
나
오
면
조우할
것
같
은
기시감을
느
끼
게
한
희미한 빛은
그
여
자
얼굴을
빼
닮았다

23에서 31층 그 중간쯤에서

어디에서 날아온 건지 알 수 없는 무수한 새떼들이
건물 유리창에 부딪쳤다
부리가 부서지고 눈알이 으깨진
붉은 피 피 피 툭툭 툭 튀는 피투성이인 ㅅ ㅅ ㅅ ㅅ ㅅ ㅅ
저 새 새 새 새 새 새 새 새 새 새 새 새 새들이
파랑유리벽에 부딪혀 마구 떨어지고 있다
가을 낙엽과 같다고 표현해야 할 것 같은
다른 말이 언뜻 생각나지 않는 그런 상황에 난감하다
ㅅ ㅅ ㅅ들은 23층에서 33층을 오르기 위해 애쓰고 있다
33층 위로는 한 마리도 날아오르지 못한 채
23층에서 31층 그 중간쯤에서 무언가에 부딪혀 낙하한다
무언가가 무엇인지 매우 궁금했지만
지상에 서 있는 나와 그녀는 도대체 알 수가 없다
길을 걷던 사람들과 공원에서 공놀이를 하던 아이들도
걸음을 멈춰선 채 유리벽을 향해 시선을 고정시킨다
새들은 유리벽과 육박전을 벌이고 있는 걸까
이마와 부리를 거대한 유리창에 탁탁 톡톡 타타타 연신 박아대며
ㅅ 저 ㅅ ㅅ ㅅ ㅅ 저 저 새 새 새 새 새들은 비상하지 못한 채
끝없이 낙하하고 있다
ㅅ ㅅ ㅅ떼들 울음소리 그 고통을 제대로 듣고 느낄 수 없는
언젠가 해안가로 몰려들어 떼죽음을 당한 고래들을 망연히 바라보듯
도심 속 우리들은 왜 이 자리에서 수수방관만 하는 걸까

폐기처분

ㅏ를 껴안으려다 실패했다
ㅓ를 껴안으려다 낭패다
U를 껴안으려다 어긋났다

그런 뒤 괜찮다 괜찮아 괜찮다
그렇게 말하고 싶었다 나 자신에게

하지만 괜찮다고 거듭 말할 수 없다
지금 이 순간

너무 무기력한 ㅏ ㅓ U 로 인해
나는 패배했다고 생각한 까닭에

내 안에 ㅏ
내 안에 ㅓ
내 안에 U는 있는 걸까 없는 걸까

나는 어느 순간 그것들에게 버려지는 줄도 모르고
버려지고 있다 내버려졌다 완벽하게

감정 주머니

너는 네 안에서 네게 다가가지 못해
이 순간 매우 빨갛게 느껴진다
나는 내 안에서 나 자신에게 다가서지 못해
이 순간 매우 파랗게 느껴진다
너는 너 자신으로 인해 나에게 나서지 못해
이 순간 매우 노랗게 느껴진다
나는 나 자신으로 인해 너에게 나타내지 못해
이 순간 매우 까맣게 느껴진다
이 순간부터 네 감회는 빨갛다
이 순간부터 내 감정은 파랗다
이 순간부터 나를 향한 네 감흥은 노랗다
이 순간부터 너를 향한 내 느낌은 희다
빨갛다 파랗다 노랗다 희다
그 내면을 섞으면 어떤 빛깔이 될까
지금 이 시간부터 저 색들을 내 감정 주머니에 넣어
아주 느리게 뒤섞어봐야겠다

Red

수박에 칼을 넣으면
수박은 시붉다
토마토도 붉다
수박보다도 더
혓바닥은 붉다
정말로 붉다
수박과 토마토 사이
혓바닥을 씹었다
붉다 혓바닥은
수박과 토마토보다도
씹힌 혓바닥에서 흘러나오는
검붉은 피로 인해
혓바닥은 붉다
그 무엇보다도 매우 붉다

지하철

지하철에서 내린 사람들은
바
퀴
벌
레
와
같
다
그 무리에 섞여 걷고 있는
나 자신도
한 마리 버러지다
오늘도 계단을 오르내리는
수많은 사람들 모습에서
낡은 찬장 사이를 날렵하게 드나드는
벌
레
들
움
직
임
을
봤다

행인 A, B, D, E

남자 A는 뒤에서
여자 B는 왼쪽에서
남자 D는 오른쪽에서
여자 E는 앞에서 다가왔다
남자 A는 뒤에서 왼쪽을 향해
여자 B는 왼쪽에서
고개를 돌려 뒤를 자주 바라보면서
남자 D는 오른쪽에서
재래시장 건너편을 응시하면서
여자 E는 정면에서
주변을 살피지 않고 다가왔다
남자 A는 뒤에서 음악을
여자 B는 왼쪽 손에 오렌지주스
남자 D는 오른쪽 손에 탄산음료
여자 E는 앞에서 음악을 듣지도 않고
음료수를 마시지도 않고 무표정하게 다가왔다
그들 모두는 네 옆을 지나
제 갈 길을 간다

거울

동서남북과 북남서동 서동남북 남북동서
여러 방향으로 열려
어느 순간 급팽창하긴 하지만
그럼에도 전혀 쪼그라들지 않는
나는 거울 안에 있다
너도 또한 깨지지 않는 견고하면서도
투명한 거울 안으로 들어섰다
그곳에 진입한 이상
거울 밖으로는 도대체 나갈 방법이 없다
그래 너와 나는 강한 빛을 가득 품고 있는
거울 속에 있다
사각형도 삼각형도 오각형도
그렇다고 둥근 것도 아닌
형체를 가늠할 수 없는
거울 속 오래된 소파에 앉아 있다
너와 나는 거대한 청색바다를 닮은
거울 안에서 움직이고 있다
바늘로 찌르면 들어가지 않고
대바늘을 이내 구부러뜨리는
매우 깊고 고요한 청동거울 속에서 호흡하고 있다

남색빨대

그 여자 파란 눈알에 빨강 빨대 꽂고
쪽쪽 빨고 싶다
쪽쪽 빨고 또 빨아대다 싫증이 나면
그 남자 까만 눈알에 노랑 빨대로
쪽쪽 빨고 싶다
그마저도 싫증이 나면
그 여자 목덜미에 파랑 빨대 꽂고
쪽쪽 빨고 싶다
그 남자 두툼한 모가지에 초록 빨대로
쪽쪽 빨고 싶다
그러다 또 싫증이 나면
그 여자 실한 엉덩이에 분홍 빨대 꽂고
쪽쪽 빨고 싶다
그 남자 튼실한 엉덩이에 남색 빨대로
쪽쪽 빨고 싶다
아니다 그건 정녕 아니다
여자는 그 남자 하양 빨대에 꽂혀
쪽쪽 빨리고 싶어 했다 진정이다

이승

산산산산산산산산산산산산산산산산산산산
비비비비비비비비비비비비비비비비비비비
공공공공공공공공공공공공공공공공공공공
색색색색색색색색색색색색색색색색색색색
정정정정정정정정정정정정정정정정정정정
피피피피피피피피피피피피피피피피피피피
몸몸몸몸몸몸몸몸몸몸몸몸몸몸몸몸몸몸몸
해해해해해해해해해해해해해해해해해해해
무무무무무무무무무무무무무무무무무무뭄
맛맛맛맛맛맛맛맛맛맛맛맛맛맛맛맛맛맛맛
뻐뻐뻐뻐뻐뻐뻐뻐뻐뻐뻐뻐뻐뻐뻐뻐뻐뻐뻐
새새새새새새새새새새새새새새새새새새새

자연인

이 집 수박에서는 냉장고
이 집 참외에서는 선풍기
이 집 호박에서는 고등어
이 집 오이에서는 화장품
이 집 포도에서는 정육점 냄새가 난다
기와집은 냄새에 포위 되어 있다
도시 또한 결박 되어 있는 걸까
집에 들어와 코를 찌르는 메슥거림으로 인해
견딜 수 없어 그는 코를 틀어막았다
그러나 집요한 냄새는
그를 좇는 행위를 멈추지 않는 추적자처럼
사내를 뒤좇고 있다
그랬다 그는 이 음험한 도심에서 벗어나
온갖 인위적인 역겨움으로부터 벗어나기 위해
도심을 탈출한 도망자다

2

詩詩덕거리는 詩

오늘도 나 스스로의 족함을 위해
온갖 사물들을 내 안으로 끌어들여
과거를 주물러 시를 읊조리고 있다
詩詩하면서 詩詩한 시
詩詩덕거리는 詩를 향한
詩詩한 현재의 나를 본다
나는 나, 나로부터 시작돼
미래를 여는 까닭에

카르마

안이다
고개를 돌려 안을 던졌다
밖이다
고개를 들고 밖을 버렸다
다시 고개를 돌려
안으로 들어가 안을 내버렸다
또다시 고개를 들고
밖으로 나가 밖을 획 내쳤다
나 너 그 그들
그들 그 너 나
안이다 안에 서 있다
밖이다 밖에 서 있다
안은 빛을 끌어들이고 있다
밖은 세상에 빛을 흩뿌린다
빛에서 떨어져 나온
광채로 인해 멀리 퍼져나가고 있는
안이다 밖이다
네 안엔 빛으로 이뤄진
무거운 안과 밖이 있다

8월

88888888888888888888888888888888888
88888888888888888888888888888888888
8월엔 꿈을 꾼다 포도 알 송글송글 8월은 꿈이다
8월은 강에서 꿈을 꾼다 강물 흘러내려가는 소리
그 소리를 귀에 새기며 파란 강물을 가슴에 담고
88888888888888888888888888888888888
88888888888888888888888888888888888
8월은 슬프지도 않고 외롭지도 않아서 나는 좋다
내가 매우 좋아하는 계절이다 눈물이 없는 8월을
나는 좋아한다 파랗게 내 마음을 물들이는 까닭에
88888888888888888888888888888888888
88888888888888888888888888888888888
새파란 청포도를 즐겨 먹는 나에게 8월은 축복이다
이제 곧 8월이다 8월이 다가오고 있다 내 사랑하는
8월이다 888888888888888888888888888888

월드컵

朴 氏는 내일 상암동 축구장 앞 카페에서 李 氏를 만나
15년 전 지나간 이야기를 나누기로 했다
뜨겁게 햇볕이 내리쬐던 15년 전 여름 서울 월드컵이 열린
그날 축구장에선 22명의 선수들이 준마처럼 뛰고 있었다
15년이 지난 지금 이 시간에도
그곳에선 22명의 선수들이 어깨로 서로를 거칠게 밀쳐내며
그라운드를 누비고 있을까
그곳에선 예전 그들이 아닌 후배 선수들이
15년 전 빛나는 선배들의 기량을 이어받아
아프리카산 표범처럼 전력질주 하고 있다
李 氏와 朴 氏는 축구장에만 가게 되면 자신들도 선수가 되는 것 같다
오랜 시간이 흘렀음에도
축구에 대한 마음만큼은 젊은이들 못지않은 열정으로
관중석에 앉아 응원을 한다
붉은 색 유니폼과 청색 유니폼으로 나뉜 선수들을 바라보다
각기 좋아하는 붉은 색 유니폼을 입은
대한만국 선수들 중 누군가 현란한 개인기로
다른 나라 상대 수비수를 제치고 그 순간 골을 터뜨린다
그러면 각자 관중석에서 그라운드를 향해
일순간 폭발할 것 같은 우우우 우우 함성을 담아
벌떡 일어선 채로 선수들에게 우레와 같은 박수를 보낸다
그 둘은 축구장에서 오랜만에 만나 서로의 마음을 확인한 뒤
2018년 러시아에서 열리게 될 월드컵을 손꼽아 기다린다
친구가 된 둘은 현지로 가 우리 팀 경기를 우선적으로 관전하기로 했다
결전의 날은 멀지 않았다

저승

새새새새새새새새새새새새새새새새새새새
강강강강강강강강강강강강강강강강강강강

붉은 노을 새

환하다 환하게 원을 그리며 날고 있는
높이 떠 있는 매
저 새는 분침을 둥글게 돌리려는 걸까
날개를 활짝 편 매는 시간 위에 올라 타
그 누구도 그리지 못한
미지의 세계를 향해 천공을 빙빙 도는 걸까
그러다 무언가를 발톱으로 낚아챈 뒤
무한천공에서 벌레를 콕콕 쫘대듯
오후 세 시에서 여섯 시 사이 붉은 노을 새
여섯 시 삼십 분이 넘어설 무렵까지
몇 시간 동안 시간을 돌돌 말면서 날고 있다
그런 매를 향해 언덕 위에 올라 그는 눈길을 건넸다
산진이도 그를 내려다보고 있다
그는 저 새에 대해 아는 것이 없다
매도 그에 대해 아는 것이 별로 없다고 생각한다
하지만 그건 그리 중요한 일은 아닌 까닭에
오후 내내 그는 새를 자신 안 깊은 곳에 받아들여
매와 함께 날기로 했다 居之中天을

48

공통점

S는 코만 그렸다
B는 귀만 그렸다
F는 눈만 그렸다
D는 발만 그렸다
H는 손만 그렸다
M은 입술만 그렸다
T는 이빨만 그렸다
G는 어깨만 그렸다
R은 발톱만 그렸다
W는 손톱만 그렸다
그들은 공통점이 없다
아니 그들은 두루 통한다
몸의 한 부분만을
일평생 그린다는 점에서

금속그물망

이 순간 너는 스텐트
이 순간 그는 마이크로바늘
이 순간 우리들은 바이오프린팅
이 순간 너는 빅브라더
이 순간 그는 옴니채널
이 순간 우리는 광학시스템
이 순간 너는 공간필터링
이 순간 그는 3차원화상
이 순간 우리들은 레이저빔
이 순간 너는 전화벨
이 순간 그는 스텔스 전투기
이 순간 우리는 항공용 탄소섬유
이 순간 그는 금속그물망을 손에 쥐어야 한다
어느 날은 그것들을 잡았다
놓을 수 없어 끝없이 너를 잡았고
그를 꽉 잡은 뒤 모두를 잡았다
그렇게라도 함께 하고 싶었으며
안부를 묻고 싶었다

nano

그들 생각은 일곱 개 아니 여섯 개다
네 생각은 다섯 개 혹은 여덟 개다
내 생각은 아홉 개 또는 열두 개다
그들 생각은 열세 개 아니 열다섯 개
네 생각은 열여섯 개 혹은 열일곱 개
내 생각은 스물다섯 개 또는 스물두 개다
당신 생각은 칠백 개 아니 육백 개라고 했다
네 생각은 오천 개 혹은 팔천 개라고
내 생각은 구만 개 또는 십이만 개라고 했다
그들 생각이 칠십만 개
네 생각이 오십만 개
내 생각이 구백만 개라고 말했지만
단정적으로 결론짓지는 말자
생각은 꼬리에 꼬리를 물고 이어져
수백 수천수만 수억 개로 늘어나
어떤 상황에서도 몇 개라고 말할 수 없다
음 생각이 나노로 바뀌고 있다
일곱 개에서 사천삼백만 또는 오십육억 칠천만 개로
그 수를 가늠할 수가 없다

順命

물감을 짜 놓은 것 같은
노란 샛노란 노랑 저 꽃잎이
천사의 나팔 닮은 귀로
하늘 향한 당신 목소리에
귀를 기울이고 있는 찬란한 시간

冬至

시원한 동태 탕을 목구멍으로 넘기다

동
태
가
된
기
분
이
다

게임

굴뚝알락나방이 있다 Pawn이 있다
푸른부전나비가 있다 Bishop이 있다
큰명주딱정벌레가 있다 Rock이 있다
중간밀잠자리가 있다 Knight가 있다
꼬마장수풍뎅이가 있다 King이 있다
홍다리조롱박벌이 있다 Queen이 있다
앞으로 나가자 뒤로 물러서지 말고
앞을 향해 진격해 적을 제압하자

황학동 시장

그곳엔 누군가 내다버린 시간이 있다

과거와 현재를 버무려

빗방울은 자신의 손가락을 움직여

길바닥에 조각칼을 대고 있다

지나간 얼굴들을 떠올리며

헌책과 헌옷 헌 구두와 오래 된 만년필을 곁에 둔 채

시를 새겨 넣고 있다

Start

다시 너에게 다시 당신에게
다시 그에게 다시 너에게
다시 당신에게 다시 너에게
다시 그들에게 다시 당신에게
너너너너너너너너너너너
그그그그그그그그그그그그
당신당신당신당신당신당신
그들그들그들그들그들그들그들
다시 너에게 또다시 당신에게
다시 그에게 또다시 너에게
다시 당신에게 또다시 너에게
다시 그들에게 또다시 당신에게
너너 그그 당신 당신 그들 모두
이제부터 시작이다 새롭게 시작하자

경광등

누군가 내뱉은 몇 마디 말에 표정을 감추지 못해
그물에 사로잡힌 물고기처럼 눈알을 끔벅끔벅 거린다.

4차 산업시대

어제는 로봇들 움직임을 지켜봤다
그것들은 쉼 없이 자신에게 주어진 일을 한다

앞으로 인간들 일자리는 어디에서 찾을까

데칼코마니

먼 곳에 있었다 가까운 곳에 있다
개막식과 스튜디오는 먼 곳에 있다
먼 곳에 있었다 가까운 곳에 있다
기술력과 노하우는 먼 곳에 있다
먼 곳에 있었다 가까운 곳에 있다
비행기와 실내악은 먼 곳에 있다
먼 곳에 있었다 가까운 곳에 있다
패러다임과 통신사는 먼 곳에 있다
먼 곳에 있었다 가까운 곳에 있다
방위산업과 소비자는 먼 곳에 있다
먼 곳에 있었다 가까운 곳에 있다
결단력과 집중력은 먼 곳에 있다
먼 곳에 있었다 가까운 곳에 있다
고객가치와 재화는 먼 곳에 있다
먼 곳에 있었다 가까운 곳에 있다
수직통합과 규제는 먼 곳에 있다
먼 곳에 있었다 가까운 곳에 있다
미래산업과 디자인은 먼 곳에 있다
먼 곳에 있었다 가까운 곳에 있다
우연한 점과 자국이 이뤄낸 세계들

카메라맨

골목길에서 인터뷰를 요청한 사내가 있다
삼거리를 걷다보면 마이크를 손에 쥔 여자도

길을 걷다보면 급작스럽게 나타나곤 하던
남자와 여자의 정체는

어떤 방송국에서 나온 누구인지 자신에 대해 전혀 밝히지 않고

방송국에서 나왔다고만 말하며 마이크를 얼굴에 불쑥 들이대는

무례한 저들의 실체는
방송국 카메라가 권력이라고 생각하는

지금 이 시간부터 저들과는 말을 섞지 않기로 했다

홀로그램

취미를 건넜다 문화생활도
리조트를 건넜다
호
텔
을
식물성 시간을 건넜다 골프장도
박물관을 건넜다 전시품도
광물성 계곡을 건넜다
관
광
명
소
인테리어를 건너 뛴 뒤
가상모델 하우스를 만났다
태양열에 충전된
별
장
들
은
여름휴가 준비를 끝냈다
네 취향에 맞춰 그것들은 움직이고 있다

물음표 뒤

물음표 뒤 서 있는 여자
마침표 뒤 서 있는 남자
느낌표 뒤 서 있는 계집
느낌표 뒤 서 있는 사내
말줄임표 뒤 서 있는 여자
말줄임표 뒤 서 있는 남자
대괄호 뒤 서 있는 계집
대괄호 뒤 서 있는 사내
그들은 항상 뒤에서 웃는다
웃고 있는 그 얼굴은
어떤 모습일까 그 뒤로 들어가
정체를 확인하고 싶은 밤이다
마침표를 찍고 싶다

난해한 시

네 머릿속에선 관념이 산다
해독 되지 않는 모음과 자음으로 이뤄진
ㅎㅎㅎㅎㅎ 십일억 칠천팔백 네 마리가 살고 있다
가나다라로 모여서 산다
네 머릿속에선 수를 셀 수도 없는 생각들이 있다
ㅊㅊㅊㅊㅊ 십칠억 팔천팔백 두 마리 꿈틀거린다
ㅏㅓㅗㅡㅑ가 흩어져 살고 있다
ㅍㅍㅍㅍㅍ ㅋㅋㅋㅋㅋㅋㅋ

15분 전

미리가 길에서 쓰러졌을 때 유리가 하늘에서 쏟아져 내렸어
유리는 미리 앞으로 가깝게 다가서기 위해 비처럼 낙하했어
도로 위 넘어져 일어설 줄 모르는 미리를 그대로 둘 수 없어
하늘에서 미리를 내려다보던 유리는 미리를 찾아 음 내려갔어
의식을 잃고 쓰러진 뒤 혼자서는 일어설 수 없는 미리를 위해
유리는 길가에서 미리와 유리를 그저 멍하게 바라보기만 할 뿐
도울 줄 모르고 외면하는 행인들에게 도와달라고 큰소리로 외쳤어
하지만 그 누구도 미리와 유리를 돕기 위해 나서는 사람이 없었어
15분 전 상황이야 그저 쳐다만 볼 뿐 위급한데도 도움의 손길을
거부한 채 고개를 돌리는 거리의 사람들에게 유리는 고통을 느꼈어
사람들은 모두 다 아픈 걸까 그렇지 않다면 이렇게 외면할 순 없다고
그렇게 생각했어 그런 뒤 유리는 미리를 들쳐업고 빠르게 걸었어
유리 등 위에 업힌 미리는 가까운 병원을 향해 급하게 가고 있어
그 때까지도 의식이 돌아오지 않은 미리를 유리는 등에 없고 있었지

雨天

노랑이라고 말하자 노랑
빨강이라고 말하자 빨강
파랑이라고 말하자 파랑
하양이라고 말하자 하양
검정이라고 말하자 검정이 가고 있다
노랑 우산은 노랑
빨강 우산은 빨강
파랑 우산은 파랑
하양 우산은 하양
검정 우산은 검정을 쫓아가
어느 순간 네 시야에서 사라진
노랑 빨강 파랑 하양 검정
거리는 다섯 가지 색깔들이 뒤섞여
소나기 내릴 때 노랑 우산을 쓴 여자
빨강 우산을 쓴 소녀
파랑 우산을 쓴 젊은 남자
하양 우산을 쓴 할머니
검정 우산을 쓴 할아버지
그들 발치엔 빗방울이 세차게 떨어진다
동서남북 방향에서 일제히 쏟아지게 될
우산 속에서 사람들은 빗방울 연주에 귀를 기울이는 걸까

행위

나를 개로 만드는
멍멍하고 붙은 행위
나를 닭으로 만드는
꼬꼬하고 붙었던 거동
나를 돼지로 만드는
꿀꿀하고 붙은 짓거리
나를 소로 만드는
음매하고 흘레붙었던 짓

개는 개 닭은 닭
돼지는 돼지 소는 소
그들 모두에겐 그들만의 길이 있다

가을 비

활시위에 빗줄기를 밟아 살을 당긴 걸까
천지사방에 내리꽂힌 무수한 화살
저 살을 어찌 걷어 들일 수 있을까
가을밤 내리는 비는
가슴 깊이 박혀 빼낼 수가 없다
살처럼 내리 꽂히는
예리한 빗살을 어찌할까
당신이 쏜 살로 인해
으 으 윽 으 으
가슴속 심한 통증 지울 길 없다

철창

철창 속 원숭이
철창 속 고릴라
철창 속 코끼리
철창 속 회색곰
원숭이가 고릴라를 쳐다보며 웃고 있다
고릴라는 철창 속 원숭이 향해 웃는다
코끼리도 철창 속 회색곰 향해 웃는다
회색곰도 철창 속 코끼리 향해 웃는다
철창 속 원숭이와 고릴라
철창 속 코끼리와 회색곰
그들 모두는 자신이 우리 안에 갇힌 사실을
인지하지 못한 채
우리 안 다른 동물들을 향해 웃고 있다
인간은 그렇지 않은 걸까
인간도 그들과 별반 다르지 않다

3

인생

1~10=365
11~20=365
21~30=365
31~40=365
41~50=365
51~60=365
61~70=365
71~80=365
81−90=365
91−100=365
100−110=365
110……

목탁소리

00

하안거

00000000000000
00000000000000
00000000000
000000000
0000000
00000
0000
0

손톱깎이

ㅌ

사랑

!!!
!!!
??
??

예측할 수 없다

987654321

123456789

87654321

23456789

7654321

3456789

981287237634

872376346545

763465455456

545643673278

218919000000

918273

25789

휴식

##

묵언수행

(....)

사다리

H

빗소리

OOOOOOOOOOOOOOOOOOOOOOOOOOOOOOOOO

OOOOOOOOOOOOOOOOOOOOOOOOOOOOO

OOOOOOOOOOOOOOOOOOO

OOOOOOOOOOOOOOOOOOOOOOOOOOO

OOOOOOOOOOOOOOOOOOOOOOOOOOOOOOOOOOOOOOOOOOOO

OOOOOOOOOOOOOOOOOOOOOOOOOO

OOOOOOOOOOOOOOOOOOOO

OOOOOOOOOOOOOOOOOOO

OOOOOOOOOOOOOOOOOOOOOOOOOO

OOOOOOOOOOOOOOOOOOOOO

OOOOOOOOOOOO

OOOOO

OOOO

OOO

OO

O

O

O

O

자전거

ㅇㅇㄱㄱ

고독

人

거꾸로 가는 인생

Zyxwvutsrqponmlkjihg
fedcba

꽃받침

□ □ □
□ □ □ □ □

미로

ㄹㄹㄹㄹㄹㄹㄹㄹㄹㄹ
ㄹㄹㄹㄹㄹㄹㄹㄹㄹㄹ
ㄹㄹㄹㄹㄹㄹㄹㄹㄹㄹ
ㄹㄹㄹㄹㄹㄹㄹㄹㄹㄹ
ㄹㄹㄹㄹㄹㄹㄹㄹㄹㄹ
ㄹㄹㄹㄹㄹㄹㄹㄹㄹㄹ
ㄹㄹㄹㄹㄹㄹㄹㄹㄹㄹ
ㄹㄹㄹㄹㄹㄹㄹㄹㄹㄹ
ㄹㄹㄹㄹㄹㄹㄹㄹㄹㄹ

의자

ㄴ

웃음

ㅋㅋㅋㅋㅋㅋㅋㅋㅋㅋㅋㅋㅋㅋㅋㅋㅋㅋㅋㅋㅋㅋ

ㅍㅍㅍㅍㅍㅍㅍㅍㅍㅍㅍㅍㅍㅍㅍㅍㅍㅍㅍ

ㅋㅋㅋㅋㅋㅋㅋㅋㅋㅋㅋㅋㅋㅋㅋㅋㅋㅋㅋㅋㅋㅋ

ㅍㅍㅍㅍㅍㅍㅍㅍㅍㅍㅍㅍㅍㅍㅍㅍㅍㅍㅍㅍ

ㅋㅋㅋㅋㅋㅋㅋㅋㅋㅋㅋㅋㅋㅋㅋㅋㅋㅋㅋㅋ

ㅍㅍㅍㅍㅍㅍㅍㅍㅍㅍㅍㅍㅍㅍㅍㅍㅍㅍㅍㅍ

ㅋㅋㅋㅋㅋㅋㅋㅋㅋㅋㅋㅋㅋㅋㅋㅋㅋㅋㅋㅋ

ㅍㅍㅍㅍㅍㅍㅍㅍㅍㅍㅍㅍㅍㅍㅍㅍㅍㅍㅍㅍ

ㅋㅋㅋㅋㅋㅋㅋㅋㅋㅋㅋㅋㅋㅋㅋㅋㅋㅋㅋㅋㅋ

ㅍㅍㅍㅍㅍㅍㅍㅍㅍㅍㅍㅍㅍㅍㅍㅍㅍㅍ

ㅎㅎㅎㅎㅎㅎㅎㅎㅎㅎㅎㅎㅎㅎㅎㅎㅎㅎㅎㅎㅎㅎㅎ

ㅎㅎㅎㅎㅎㅎㅎㅎㅎㅎㅎㅎㅎㅎㅎㅎㅎㅎㅎㅎㅎㅎㅎ

ㅎㅎㅎㅎㅎㅎㅎㅎㅎㅎㅎㅎㅎㅎㅎㅎㅎㅎㅎㅎㅎㅎ

산맥

MM
MMMMM

MMMMM

뱀 떼

SSSSSSSSSSSSSSSSSSSSSSSSSSSS
SSSSSSSSSSSSSSSSSSSSSSSSSSSS
SSSSSSSSSSSSSSSSSSSSSSSSSSSSSS
SSSSSSSSSSSSSSSSSSSSSSSSSSSSSSSS
SSSSSSSSSSSSSSSSSSSSSSSSSSSSSSSS
SSSSSSSSSSSSSSSSSSSSSSSSSSSSSSSSSS
SSSSSSSSSSSSSSSSSSSSSSSSSSSSSSSSSSSS
SSSSSSSSSSSSSSSSSSSSSSSSSSSSSSSSSSSS
SSSSSSSSSSSSSSSSSSSSSSSSSSSSSSSSSSSSSSS
SSSSSSSSSSSSSSSSSSSSSSSSSSSSSSSSSSSSSS
SSSSSSSSSSSSSSSSSSSSSSSSSSSSSSSSSSSSSSSSS
SSSSSSSSSSSSSSSSSSSSSSSSSSSSSSSSSSSSSSSSSSS
SSSSSSSSSSSSSSSSSSSSSSSSSSSSSSSSSSSSSSSSSS
SSSSSSSSSSSSSSSSSSSSSSSSSSSSSSSSSSSSSSSSSSSSSS

눈썹

~

창고

ㄷ

통조림

ㅂ

단두대

iiiiiiiiiiiiiii
iiiiiiiiiiiiiii
iiiiiiiiiiiiiii
iiiiiiiiiiiiiii
iiiiiiiiiiiiiii

굴렁쇠 굴리는 아이

8~000

계단

1234567891011
121314151617181920
21222324252627282930
3132333435

3534333231
30292827262524232221
20191817161514131211
10987654321

4

풀

애기똥풀 미치광이풀 개불알풀 쥐오줌풀 터리풀
횡독말풀 좁쌀풀 토끼풀 꼬리풀 쥐깨풀 꽃며느리밥풀
개모시풀 깨풀 누린내풀 바위떡풀 쐐기풀 오이풀
자귀풀 자주강아지풀 차풀 털이질풀 톱풀 긴담배풀
독말풀 송장풀 방아풀 사데풀 산오이풀 자주고희풀
송이풀 깽깽이풀 개불알풀 헐떡이풀 둥근이질풀 이질풀
모데미풀

리다

십리다 천리다 개구리다리다
삼천리다 만리다 개나리다

청머리오리다 히어리다 구름다리다
혹부리오리다 새다리다 개다리다

흰꼬리수리다 답십리다 왕십리다
외대으아리다 낙지다리다

원추리다 참나리다
마타리다 쉽싸리다
하늘말라리다 호범꼬리다

물수리다 직박구리다
종다리다 꾀꼬리다 말똥가리다

기다

뻐꾸기다 검은댕기해오라기다
새호리기다 괭이갈매기다

쇠기러기다 등근배암차즈기다
황기다 멍석딸기다

복자기다 줄딸기다
고들빼기다

무다

개암나무다 느릅나무다 동백나무다 물오리나무다 삼나무다
삼지닥나무다 식나무다 오리나무다 팥꽃나무다 가래나무다
개비자나무다 고광나무다 고로쇠나무다 까마귀밥여름나무다
당매자나무다 돌배나무다 매실나무다 명자나무다 구상나무다
박태기나무다 붓슷나무다 사과나무다 배나무다 풀명자나무다
가막살나무다 갈매나무다 개쉬땅나무다 광귤나무다 밤나무다
대팻집나무다 산딸나무다 매발톱나무다 석류나무다 생달나무다
예덕나무다 층층나무다 화살나무다 함박꽃나무다 오동나무다

꽃이다

각시붓꽃이다 고깔제비꽃이다 다화개별꽃이다 단풍제비꽃이다
꿩의바람꽃이다 분홍할미꽃이다 솔붓꽃이다 태백제비꽃이다
부처꽃이다 개별꽃이다 은방울꽃이다 접시꽃이다 타래붓꽃이다
회리바람꽃이다 졸방제비꽃이다 동자꽃이다 투구꽃이다 애기메꽃이다
부채붓꽃이다 패랭이꽃이다 달맞이꽃이다 물양지꽃이다 솔체꽃이다
술패랭이꽃이다 시계꽃이다 층층이꽃이다 개연꽃이다 섬초롱꽃이다

화다

땅채송화다 물매화다
상사화다 울릉국화다
영춘화다 해당화다
풍년화다 겹황매화다
흰해당화다

새다

참새다 노랑턱멧새다 박새다 쇠박새다 진박새다
크낙새다 굴뚝새다 소쩍새다 물총새다 호반새다
청호반새다 파랑새다 휘파람새다 꼬마물떼새다
노랑할미새다 산솔새다 붉은뺨멧새다 황여새다
힝둥새다 콩새다 울새다 황새다 노랑부리저어새다
유리딱새다 쑥새다 방울새다 백할미새다 멋장이새다

초다

풍접초다 한련초다 타래난초다 신선초다 해란초다
큰앵초다 좁은잎해란초다 익모초다 산구절초다 일엽초다
낭아초다 냉초다 죽절초다 앵초다 삼백초다 만병초다
기린초다 큰연령초다 설앵초다 연령초다 노랑만병초다
새우난초다 금창초다 대사초다 번행초다 복수초다

립스틱

A가 립스틱을 바르고 있다
립스틱 바르는 A를 B가 보고 있다

립스틱 바르는 A를 바라보는 B를
C가 바라보고 있다

A와 B C도 립스틱을 바르고 싶었던 걸까
그들을 쳐다보다

나 자신도 선홍빛 립스틱을
아니 립스틱을 바르기보다는

그들을 건너다보며 갈등이 생겼다
그 얼굴들엔 뭔가 모를 시샘이 가득했기에

무거운 강

바닥에 흩어진 푸른 빛 눈을 밟고

시푸른 강가로 천천히 걸어가

강심에서 겨울을 고요히 흘려보낸

가슴속 깊은 곳에서 쿠륵쿠르륵 차오르는

저 강물을 뚫어지도록 응시하고 있다

봄은 얼음장 밑에서부터 온다고 생각하는 까닭에

호각

기억을 밟으며 걸었다 기억과 ㄱ 사이
나무를 밟으며 걸었다

ㄴ과 ㅁ 사이

사람을 밟으며 걸었다 사람과 ㅅ 사이
바위를 밟으며 걸었다

ㅂ ㅇ 과 ㅂ ㅇ 사이

농담을 밟으며 걸었다 농담과 ㄴㄷ 사이
생각을 밟으며 걸었다

ㅅㄱ 과 ㅅㄱ 사이
조개를 밟으며 걸었다 ㅈㄱ와 ㅈㄱ 사이

호각을 불게 되면 언제든지 찾을 수 있는
관계가 있다

그런 ㅅㅇ에는 깊은 애정과 믿음이 있다

해바라기 씨

뒤뚱뒤뚱
물
고
기
비
늘
이
쏟
아
져
내
릴
것
처
럼
꽃씨는
피식
피식
웃고 있다

110

사건

1 시간 전 일어난 화재

2 시간 전 일어난 보이스 피싱

3 시간 전 일어난 우연한 만남

그것들은 기억할 이유가 없다
네 기억을 내가 머릿속에 담아둔다고 해서
삶이 달라질 수 있을까

이렇게 해도 사는 것 저렇게 해도 사는 행위
살아가는 방식은 누구나 다른 법

사는 것 살아가는 행위는 그렇다

그럼 죽는 건 어떨까
이렇게 해도 죽고 저렇게 해도 결국은 죽게 된다

하지만 죽어가는 방법은 다르고 이유 또한 다르다
분명한 건 죽는 건 죽어봐야만 안다는 사실이다

주말풍경

감청색 승용차 117대
검정색 승용차 116대
노랑색 승용차 115대
초록색 승용차 114대
도로엔 은회색 승용차 113대가 서 있다
감청색 승용차가 살살
검정색 승용차가 느리게
노랑색 승용차가 천천히
초록색 승용차가 더디게
은회색 승용차가 슬슬 움직이고 있다
이곳은 병목구간도 아니건만 차가 막힌다
주말엔 사차선도로가 주차장처럼 보인다

축제

재킷
에
박
힌
금방울
장
식
만
드
러
나
보
이
던
플랫폼
앞
에
서
있
던
커플

백설 공주

잤다 저녁을 먹고 잤다
아침 식사 후
점심 뒤
자고 있다 잘 수밖에 없다

그림을 그릴 수 없어
음악을 들을 수 없어서
사랑하는 사람이 찾아오지 않아
잤다 자고 있다
깊은 잠에 빠져 깨우기 전까진
잔다 쭈욱 자게 된다

자게 될 것이다 자다보면
왕자님을 만나게 될까

개여뀌

여자의 입술에서 또 다른 입술
또또 다른 입술에서
두툼한 혀가 기어 나왔다
길게 아주 길게
또 다른 설면이
또또 다른 혓바닥이 쉼 없이 나왔다

붉은 자주 빛으로

포도송이

거봉을 깨물다 먹그늘나비

청포도를 깨물다 뿔이 긴 사슴 한 마리

머루포도 깨물다 허리가 잘록한

포도 알을 씹다 이빨이 희고 고른 여자를 만났다

달콤한 포도 알을 깨물다
네 가슴속 숨기고 싶은 형상

나비잠자리 수컷 날아다니는 모습에서 찾았다

20170617

피
자
와
스파게티를
연
신
씹으며
안
방
에
서
혼자
영
화
를
봤
다
종일토록

사자 가족

수컷 사자 한 마리와
네 마리 사자 암컷 그리고 새끼들
그것들은 몸을 구부린 채 땅바닥에 배를 깔고 있다
그런 사자무리들을 바라보다 실실 웃음이
그 순간 얼룩말을 잡기 위해 갑자기 몸을 일으켜
전광석화처럼 달려 나가던 암사자들이 떠올라
우습지도 않았는데 헛웃음이 터져 나왔다
그러다 무엇 때문이었을까
세렝게티에 바람이 불고 있다
그 순간 수사자가 쓰러졌다
사냥꾼이 쏜 탕 탕 두 발의 총소리와 함께

흐리지도 않은 맑고 화창한 날이었건만
천천히 흘러내린 눈물로 인해 뿌옇게 시야가 흐렸다

면도

거울 앞 면상을 내밀고
면도기를 들이댈 때마다

정육점에서 소고기 몇 근 하면
고기를 썰어주는 것처럼

부끄러움 느낄 수 없을 정도로 두꺼워진
낯짝에 붙은 피둥피둥한 살점

예리한 면도날로 저며 내면 어떨까

정육점 소고기처럼 살을 베어낸다면
시원하지 않을까

오늘도 나는 면도를 한다
턱 주변 까칠한 수염이 아닌

부끄러움이 없는 뻔뻔스런 얼굴을

김치찌개

으윽 아 아 악 손톱 빼내고 발톱 빼낸 뒤

뭉툭한 짧은 손톱 휙 잘려나간 긴 손톱

몇 사람 발톱인가 몇 분 손톱인가

가마솥에 불 지펴 손톱 발톱 푹 우려낸 국물로
김치찌개 끓여 숟가락을 들었더니

밥맛이 꿀맛이다

검은멧새

60분 동안 그늘을 쪼고 있다

120분 동안 허공을 깨고 있다

180분 동안 태양을 뭉개고 있다

240분 동안 적막을 누르고 있다

300분 동안 슬픔을 끌어안고 있다

390분 동안 검은멧새는 해 질 녘을 허물고 있다

오전이 훌쩍 지나가고 오후 늦은 시간까지
저 태양 아래 적막함을 끌어안기 위해서일까
새는 장시간 동안 제 안의 살점을 삐 삐 삐 쯔 쯔
나뭇가지 위 앉아 삐 쪼이 쪼이 삐 삐 삐 쯔 쯔쯔 쯔
뾰족한 부리로 저 허공 끝자락을 계속 찍어대고 있다

寒食

아래턱과 왼쪽 눈두덩에 이어
연타로 콧등에 마구 꽂히는 돌주먹에

푸른 푸르게 피어나는 복서의 얼굴에 핀 멍꽃처럼

무성한 무덤 풀 베어 넘길 땐

사각의 링에서 현란한 풋워크로 몸을 재게 움직여
상대편에게 주먹을 날리는 복서의 비정함이 들어있다

속내를 들키지 않고 일순간에 푸새를 치기 위해선
잽을 날리는 권투선수의 유연함처럼 낫질을 해야만 한다

세상만사 다 그렇다

소년은 미래형이다

다른 시간 옆 서 있던 소년과
또 다른 시간 옆 서 있던 소녀도 과거형
현재 시간 오전 9시
시계탑 앞 서 있는 소년은 현재형
현재 시간 오전 10시
학교 앞에 서 있는 소녀는 현재형
현재 시간 오전 11시
약국 앞에 서 있는 소년은 현재형
사흘 뒤 오후 2시
경복궁 앞에 서 있을 소년은 미래형
나흘 뒤 오후 3시
시청 앞에 서 있을 소녀는 미래형
닷새 뒤 오후 4시
은행 앞에 서 있을 소년은 미래형
소년은 과거형이다 소녀도 과거형이다
소년은 현재형이다 소녀도 현재형이다
소년은 미래형이다 소녀도 미래형이다
나도 소년과 소녀 마음이 돼 과거와 현재 미래를
자유롭게 오고가며 살고 싶다
앞으로 나는 그렇게 살아갈 것이다

5

태국 마사지

당신 가슴속으로 잉어 예닐곱 마리
등 뒤로 황금잉어 다섯 마리
당신 엉덩이 아래
잉
어
네
마
리
왼쪽 허벅지 위
당신 오른쪽 허벅지 아래
발
목
옆
당신 왼쪽 엄지발가락 사이
사타구니 아래 그 아래로
잉어들이 지나다니고 있다
당신 머릿속에서 잉어 열두 마리 헤엄치고 있다

연두색 광선

나비 한 마리를 낚아채 야반도주한 여자처럼
나비 두 마리를 낚아채 도주한 남자처럼
여자는 왜 남자가 좋아한 나비를
남자는 왜 여자가 사랑한 나비를 잡은 걸까
여자는 남자와 눈을 마주치지 못했고
남자도 여자와 눈을 맞추지 못했다
지금 여자에게 남자라는 존재는 없다
이제 남자에게 여자라는 실체는 없다
나비가 날아오를 때 파닥이는 날갯짓
그 소리만을 여자와 남자는 기억하는 연고로
여자가 어느 날 잡은
나비 한 마리가 은줄표범나비였는지
남자가 숲길을 걷다 갑자기 잡은
나비 두 마리가 왕팔랑나비였는진 알 수 없다
하지만 여자는 남자를 의식하지 않을 수 없고
남자 또한 여자를 무시할 수 없다
그런 사유로 여자와 남자는
나비를 되살릴 방법이 전혀 없음에도
나비를 기억 속에서 지울 수 없다

것들

압정과
볼펜
손
목
시
계
손톱깎이
귀이개
메모지
안
경
과
지
갑
후시딘 연고
이곳에도
없고
저곳에도
없는
방구석에도 없고
창틀에도 없는
하지만
어딘가에 있는
사소한 것들

부산영화제

영화감독 심장에서 붉고도 깊은 필름이 보였다
필름필름필름필름필름
필름필름필름필름
필름필름필름
필름필름
FilmFilmFilmFilmFilmFilmFilmFilm
FilmFilmFilmFilmFilmFilmFilmFilm
여배우 심장을 통한 또 다른 필름도 필름들이
필름필름필름
필
름
필
름
필름들로 이어진 필름
또또또 또또또 또 다른 필름들이
필름필름필름필름
FilmFilmFilmFilmFilmFilmFilmFilm
FilmFilmFilmFilmFilmFilmFilm
남자 주연배우 심장 안에 들어 있다
필름
필
름
필
름

필름을 완성하기 위해 필름 밖을 헤매고 다니는

육십 년대에서 이천 년대 사이

필름 안과 밖을 드나드는

네가 본 그들은 필름이 생이다

3년 전에도 필름

필름필름필름필름필름필름필름필름필름

필름필름필름필름필름필름필름

10년 전에도 FilmFilmFilmFilmFilmFilmFilmFilm

FilmFilmFilmFilmFilmFilm

필름필름필름필름필름필름

필름필름필필름필름

20년 전에도 FilmFilmFilmFilmFilmFilm

50년이 흐른 뒤에도

FilmFilmFilmFilmFilmFilmFilmFilm

실종

찌그러진 냄비에 북어를 넣고 해장국 끓이다 보면

어디선가 애간장 끓는
그래 그런 소리 낮은 음으로 들리는 것 같아

계단 아래 서 있던 소년과 소녀를 찾아 나서기로 한다
그는 그곳에서

이십 년 전 사라진 소녀와 소년을 떠올린다
북어 국에 밥 말아 맛있게 퍼먹던

그 아이들을 노란냄비 앞으로
다시 불러들이고 싶은 까닭에

진눈깨비 내리는 날이면 그는 항상 북어 국을 끓여놓고
아이들을 기다린다

공생

네 안에 달그락 거리는 누군가 있다

달
그
락
달
그
락
거
리
다

어느 순간 우리 앞에 갑자기 나타난

그
곳
엔
로봇사피엔스
가
있
다

호모사피엔스 뒤를 쫓아오고 있는
으으 음 두려운 그 무언가가

客

어렵지 않게 그는 나를 찾아내

구워 먹고 삶아 먹고 튀겨 먹으며

나보다 더 오래 살 것이다 가끔 내 속에서 튀어나와

마음을 옥여 죄듯 내 목을 지그시 누르는
그는 현재를 살며 나를 괴롭히는 나 자신의 먼 과거

아니 지금 이 시간도 내 가슴을 꾹 누르는
또 다른 내 모습이기에

나는 그를 잡아 명줄을 끊으려고 한다
그러나 나보다도 먼저 한달음에 다가와

내 목을 누르는 오래 전 기억
그는 나보다 먼저 나를 잡았다

자서전

슬프다 막막한 이 詩는

침묵하지 못하고
성스럽지 못하고
속되기만 한

이런 詩를 쓰는 인간은
괴롭다

아니 역겹다

시를 비틀어 짜면서 즐거웠던 경험이
내겐 있었던 걸까

의문이 든다
그런 연유로 슬펐다

우울한 저녁이다

악플러

은밀한 밀애를 연상 시키는 사연들
붉게 불그스름하게 가지가지마다 빼곡하게 매달려 있다

가지를 툭 치고 잎을 꽉 틀어쥐기만 해도
가시를 바짝 세운 채 성희롱으로 고소를 하겠다며

그 누구도 느글거리는 시선으로
자신의 몸매를 훑어선 곤란하다고 말하는 것 같다

그러나 요염한 그 빛에 눈을 뗄 수 없게끔
담장 아래 휘늘어진 연녹색 가지 위 터질 듯 꽃망울을 드러내고 있다

간혹 바람이 찾아들 때면 가시 세운 손톱과 발톱을 내려놓고
언제 그랬냐는 듯 그 품에 온몸을 맡긴 채

뜨거운 콧소리를 연신 내뿜으며 마구 흔들리기도 한다

그러다 순식간에 휙 돌아서서 누군가의 가슴을 마구 찢어놓고
익명성 아래 댓글은 몸을 감춘다

잠수함처럼 고요하게 다가와 아니 증권가 낱장 광고보다도 더 은밀한
다리도 없고 팔도 없이 수천수만 리 길을 옮겨 다니다

이 밤 남녀의 불꽃같은 시간을 함께할 것만 같은 저 알 수 없는

어디 그 어디쯤 머물고 계시냐며 누군가의 골수를 빼먹으려는 듯
넌지시 미늘을 던지는 정체불명 악풀러

五日場

검붉은 장미 그 안에 한 마리 새가 있다

빛에 눈이 먼 파랑새 한 마리

장미 그 심장 속엔 한 마리 양이 있다

붉은 빛에 눈이 먼 한 마리 양

어느 날 양떼들이 살고 있는 우리로 당신은 갑자기 들어가

그것들의 목을 비틀었다

생명이 있는 것들을 가끔 이녁은 그렇게 거둔 뒤
오일장에 내놨다

미친 꽃

미쳐서 갇힌 꽃과

갇혀서 미친 꽃

그
차
이
는
뭘
까

메울 수 없는

간극에 대해 생각해 봤다

결론을 낼 수 없는

간드러지게 웃는
그러다 웃음을 툭 끊은 미묘함 새

강한 향기를 맡은 것 같아

그 순간
기분이 나쁘지 않았다
그랬다

전쟁터

뱀
개
말
소
양
오리대가리

대가리
어느 대가리든

반드시 자르겠다고
마음먹었던

꼿꼿이 목을 세운
저 대가리들을

한 칼에 베겠다고

저 빗줄기는 지렁이다

지렁이 한 마리 두 마리
지렁이 세 마리 네 마리
지렁이 다섯 마리 여섯 마리
지렁이 일곱 마리 여덟 마리
지렁이 아홉 마리 열 마리
지
렁
이
가
하
늘
에
서
수백 수천
혹은 수만 수십 수백만 마리
셀 수도 없을 정도로 낙하한다
꿈틀꿈틀 거리는 지렁이 닮은
비가 내리고 있다
비 비 비 비 비는 지렁이다
저 비는 지렁이와 같다

무료급식

넌 먹을 게 없다
아니 왜 난 먹을 게 없는데

단 한 번 두 번 세 번만이라도

그냥 뜯어 먹고 발라 먹고 싶어요

왜 나만 늘 먹을 게 없는 건데
나도 저들처럼 받아먹고 싶어요

이 자리에 털퍼덕 주저앉아

편하게 누군가 차려놓은 밥상에

일하지 않고 숟가락만 꽂고 싶어요
그래 나도 끼니를 쉽게 해결하기 위해

밥그릇에 숟가락 꽂는 생각을 해봤다
생각뿐이다

혹성에서

혓바닥 세 근을 준비 했어
눈알 다섯 근도 준비 했고

귀 열여섯 근도
팔약근 일곱 근과 함께

사람고기를 식재료로 저녁 식사를 하기 위해

20년
30년
40년
50년 된 인간들을 잡아 그 고기를 부위 별로 베어내

삶고 데치고 튀기고 숯불에 구워
식성대로 골라 먹을 수 있게끔 요리했어요

도축장에서 막 잡은 신선한 인간고기를 재료로
한상 그득하게 차렸어요

고릴라 선생님과 친구 분들 까다로운 입맛에 맞춰

귀 울음

물결나비 세 마리 귓속으로 들어왔다
활짝 열어 놓은 새파란 문 닮은 두 귀로 들어와

그 안에서 날개를 팔랑이며 날아다닌다

그 누구도 알지 못한다 3년 7개월 전 늦은 오후에
갑자기 네 귓속으로 나비가 무단 침입한 사실을
그 안에서 나비는 무엇을 찾기 위해 날아다니는 걸까

포충망을 손에 꽉 쥔 채 재빠르게 휘둘러 나비를 잡고 싶다

맨 처음 나비는 세 마리 뿐이었지만
지금 귓속에서 팔랑거리는 나비는 몇 마리인지 수를 셀 수가 없다

300마리?
3000마리?
30000마리?
300000마리? 기하급수적으로 그 수를 늘려나간

온통 나비로 가득한 귀
거리를 걷다 우두커니 서 있어도 가만히 침대에 누워 눈을 감고
있어도

포릉 포르릉 어디론가 날아다니며 고막을 울리는

네 귓속은 나비들이 모여 사는 나비 나라

난감한 현실 앞에서 그것들을 받아들이고 인정해야 하는 걸까
언제부터인지 확실하진 않지만 네게도 괴로움이 생겼다

전갈

어
느
한
구
석
에
서
너를
노
려
보
고
있
는
어둠
속
침

개와 개

개를 생각하다
개의 형과 동생 누나 부모 사돈에 팔촌 얼굴까지

개는 나에 대해 배려하는 마음이 없건만
오늘도 나는 밤이 늦도록 집으로 돌아오지 않는

개로 인해 매우 걱정이다

나는 집에서 기르는 개에게 돈을 쓴다

아낌없이 비용을 지불하며 푸들을 생각한다

개는 나를 생각하지 않고
개도 나를 따르지 않건만

나는 어릴 때 함께 자란 개에게 헌신하며
몸집이 작은 개도 보살핀다

오늘도 나는 집에서 기르는 개에게 먹이를 주고 있다
연락도 없이 돌아오지 않고 있는 사촌 동생을 염려하며

저녁밥상을 차려놓은 채

환상통

날아가는 독수리 부리를 잘랐다
어느 날 날갯죽지를 분지른 것처럼

날카로운 새의 부리와 발목을 끊었다

어느 순간 새의 눈알을 후벼 판 것처럼

그 몸뚱이에 상상할 수 없을 정도의
고통을 주었다

잘 익은 사과처럼 빛나는 해를 등 뒤에 받치고 선 채
환상통처럼 다가온 새의 아픔을

오랜 시간이 흐른 뒤 나는 느낄 수 있었다

숨을 쉬게 한 울울창창한 숲 뒤로
아니 숲 뒤에서도 숨 쉴 수 없는

발갛게 물든 하늘 저편 검독수리 사라진 서쪽을 응시하다
깊은 상실감에 흐느꼈다

이방인

수많은 오토바이가 지나다니는 하노이에서

길
가
찻
집
에
앉
아
있
다

이제 나는 어디로 가야 하는 걸까

어느 테러리스트에게

벽을 하나 사이에 두고 군인들과 대치 중인 테러리스트들
바람도 불안하고 구름도 위태로운 그곳에서

몇 몇 대학생과 시민들 속 다수의 어린아이들
두 걸음 뒤로 걷다 세 걸음 네 걸음 일곱 걸음 천천히 뒤로 걷다

손바닥에 땀이 흥건히 흐른다
그러다 그 중 말 없는 누군가 뭔가에 걸려 뒤로 자빠졌을 때
테러리스트들은 소총을 무차별적으로 난사했고

증오를 담은 침묵의 시간이 깨짐과 동시에
시민들은 화들짝 놀란 표정을 감추지도 못한 채
온몸이 벌집이 되도록 총을 맞고 쓰러졌다

삶은 순간이라더니 찰나에 삶과 주검이 갈라진 그 시간에
군인들도 총을 빼들고 핏빛이 된 눈으로 응사를 했다

이봐, 이보게 그만 멈출 순 없는 걸까
나는 자네들 냉소적인 표정을 더는 읽고 싶지 않아

투쟁과 종교를 떠나 인간 대 인간으로
악마 같은 총질을 그만 멈출 순 없는 거니

말랑말랑하게

말랑말랑한 진흙처럼
말랑말랑한 젖가슴처럼
말
랑
말
랑
말랑말랑하게
말랑말랑한
부사를 깨물 듯
말랑말랑한 진흙을 칵
말랑말랑한 젖가슴을
지난밤 침대 위에서 꾼
말
랑
말
랑
말랑말랑한 꿈처럼
말랑말랑한 접미사
말랑말랑한 형용사
뛰는 동사마저도 말랑말랑
말랑말랑말랑
삶을 말랑말랑하게
끌고 나가면 어떨까

끽연

그가 3층 서재에서 하이데거를 읽다 말고
창을 열어젖힌 뒤 담배를 피우면
잠시잠깐도 틈을 주지 않고

주
변
사
물
들
중
무언가가
떨
어
졌
다

그러다 그는 어느 순간 창을 닫았다
창을 열고 담배를 계속 피울 수 없다는 생각에
꼭꼭 숨어서 사내는 담배를 피운다
연기가 빠져나갈 틈을 차단한 채
시무룩한 표정으로 고요히

나 타버린 담뱃재가 떨어질 때
오늘도 그는 가볍게 아니 가볍지 않은 일과를 시작한다

점

점 안의 점 점 점 점 점 점 점 점
점 밖의 점 점 점 점 점 점 점 점 점
손등 위 점 점 점 점 점 점 점 점
손등 밖 점 점 점 점 점 점 점 점 점
발등 위 점 점 점 점 점 점 점 점
발등 밖 점 점 점 점 점 점 점 점 점
세모 안 점 점 점 점 점 점 점 점
세모 밖 점 점 점 점 점 점 점 점 점
네모 안 점 점 점 점 점 점 점 점
네모 밖 점 점 점 점 점 점 점 점 점
동그라미 안 점 점 점 점 점 점 점 점
동그라미 밖 점 점 점 점 점 점 점 점 점
지구 안 점 점 점 점 점 점 점 점
지구 밖 점을 향해 점 점 점 점 점 점 점 점
그 넓고 깊은 크기를 나는 짐작할 수 없다
너는 짐작할 수 있겠니

감

감에는 단감과 땡감이 있다 평소 맛있게 먹는 감

하지만 이제 모멸감이란 감은 그만 먹고 싶다

충분히 질리도록 이 사회에서 폭식한 까닭에
지금부터라도 분명히 잘라낼 것이다

크크 모멸감

세차장 앞 투명한 햇살

사내아이가 무조건 사가겠다고 어제 오전에 주문한 햇살 한 움큼

푸른빛을 발하는 감청색 병에 담아 사거리 피자 가게 앞에서
열두 시 삼십 분까지 무려 한 시간을 기다렸다

그러나 무슨 일인지 열한 살 소년은 약속 장소에 나오지 않았다
불덩이처럼 뜨겁게 달궈지는 햇볕을 마냥 들고 서 있을 수도 없어

전화를 걸었다 몇 번씩이나 아이와 통화를 하기 위해 애를 썼지만
소년은 아무 연락도 없이 그 자리에 나오지 않았다

일색이 아주 강렬한 열을 곧 발하게 될 것 같아
어쩔 수 없이 광색 저장고가 설치 돼 있는 산 아래 집으로 되돌아오다

도저히 견딜 수 없어 허공에 한 마리 새를 날리듯 병뚜껑을 비틀어 땄다
그 순간 포르릉 빠져나가 하늘 정중앙에서

나를 내려다보며 해맑게 웃는 저 햇빛에게 내가 자유를 준 걸까
빛은 세상 모든 사람들을 향해 말갛게 웃고 있었다

나도 하늘을 올려다보다 어느 순간 기분이 좋아졌다

빛을 내다팔기 위해 주유소 앞 세차장까지 나갔다 되돌아온 뒤
소파에 앉아 약속을 지키지 않은 아이를 생각했다

아이가 깜박한 걸까
아님 학원 시간에 쫓겨

시인의 말

▶시인의 말

벽 앞에 앉아 오랜 묵언(黙言) 뒤 아직 다른 생각이 들어오지 않은 공간에 귀를 열고 사물들 소리를 들었다.

생(生)은 왜? 어떤 의미이기에 끊임없이 무언가를 궁리해야만 하는 걸까?

내 안에서 불쑥불쑥 일어서는 불편한 감정들을 그 어떤 일도 결코 하지 않는 행위로 무화(無化) 시키다.

실체 없는 하지만 아무것도 아닌 것들이 아닌 빛과 어둠의 중간쯤에 서서 알 수 없는 무엇인가를 인식한다.

그랬다 이 글을 쓰는 동안에도 내 주변에선 여러 가지 일들이 쉼 없이 일어났다.

비가 내리면 비를 맞았고 바람이 불면 바람을 꽃이 피면 꽃을 감상했고 눈이 내리면 마당에 나가 눈을 쓸었다.

아들은 한여름에 군에 입대 신병훈련을 마친 뒤 파주의 포병부대에서 군 생활을 무사히 마쳤고.

아내는 가슴이 답답해 대학병원에 입원 일주일 만에 퇴원을 했으며 나 또한 위 내시경을 두 번씩이나 받았다.

그러던 어느 날 밤엔 급작스럽게 집주인이 찾아와 최대한 서둘러서 집을 비워달라고 했다.

울타리가 없는 우리가족이 이십여 년을 산 그 집은 정들지 않은 곳이 없었건만 이사를 하지 않을 수 없었다.

이삼년 사이 이런 저런 일들을 겪으면서 느낀 건 삶은 역시 녹녹하지 않다는 것이다.

그 와중에도 시선집(詩選集)으로 묶을 여러 편의 작품들을 퇴고(推敲)하며 절대적인 시간에 대해 생각했다.

어떨 땐 잘 보이지 않는다. 아니 또렷하게 보인다. 나의 시간과 당신의 시간 그의 시간 우리들 시간 모두.

과거와 현재 그리고 미래 그러다 나 자신도 의식 못한 상태에서 자음과 모음으로 이뤄진 뜨거운 열정과 마주했다.

그 순간 어디선가 한 줄기 빛이 은밀한 공간을 비추는 걸 봤다.

그 빛에 무표정한 글자들이 고르게 숨을 쉬며 활발히 움직이는 게 느껴졌다. 퀴퀴한 냄새가 배어 있는 오래된 난로의 파란 불길을 닮은 집필실은 따뜻했다.

하지만 차갑고 섬뜩한 이해할 수 없는 낯빛의 사람들이 멀지 않은 곳에서 느린 걸음으로 오고 있었다.

아주 작은 어쩌면 매 순간 너무나도 큰 고통으로 내 앞에 다가왔다 이해할 수 없는 상처를 준 뒤 사라진 이들.

그러면서 늘 곁에 두고 읽는 백과사전과 옥편의 두꺼운
페이지를 넘기다 받아들이지 않을 수 없었던 건.

실상이 드러나지 않은 애매모호한 관념과 이미지 코를 찌르는
냄새 또는 귀를 살살 간질이는 소리였다.

그것들의 원래 본 모습은 무엇일까? 어디에서 왔으며 그
복잡하고도 미묘한 색은 어떻게 구성 되었을까?

내 안에 든 나에게 거듭 묻지 않을 수 없었다. 묻고 또 물었다
끝없는 의문점을 풀기 위해 되물었다.

그런 연유로 무작정 길을 걸었고 다리와 육교를 건넜으며
사람들이 두 패로 나뉘어 매우 붐비는 광장을 지나쳐 예까지
오는 동안 봄이 왔다. 진달래 개나리 벚꽃과 목련이 여기저기
핀 모습들을 바라보다 그 순간 나도 모르게 긴 한숨이 나왔다.
이 땅에 진정한 봄은 언제쯤 올 수 있는 걸까?

2017년 겨울
강 만 수